AF357777

Vente le Samedi 8 Mai 1869

TABLEAUX

PROVENANT EN PARTIE

DE LA

COLLECTION DE M. D^{te} B*** *ulay*

EXPOSITIONS

PARTICULIÈRE, le Mercredi 5 Mai 1869;
PUBLIQUE, le Vendredi 7 Mai 1869.

Me CHARLES PILLET
COMMISSAIRE-PRISEUR

M. FRANCIS PETIT
EXPERT

1869

CATALOGUE

DE

TABLEAUX

PROVENANT EN PARTIE

DE LA

COLLECTION DE M. D*** B***

ET DONT LA VENTE AURA LIEU

HOTEL DROUOT, Salle N° 3

Le Samedi 8 Mai 1869

A TROIS HEURES TRÈS-PRÉCISES

Par le ministère de Mᵉ **CHARLES PILLET**, Commissaire-Priseur,

10, rue de la Grange-Batelière,

Assisté de **M. FRANCIS PETIT**, Expert, 7, rue Saint-Georges,

Chez lesquels se trouve le présent Catalogue.

EXPOSITIONS { *PARTICULIÈRE : le Mercredi* 5 *Mai* 1869,
{ *PUBLIQUE : le Vendredi* 7 *Mai* 1869,

DE UNE HEURE A CINQ HEURES ET DEMIE.

CONDITIONS DE LA VENTE

Elle sera faite au comptant.

Les adjudicataires payeront *cinq pour cent* en sus des enchères.

Paris. — Imp. de Pillet fils aîné, rue des Grands-Augustins, 5.

DÉSIGNATION

CHARDIN

1 — La Soupière d'argent.

Un chat convoite une perdrix et un lièvre jetés près d'une grande soupière d'argent et sur le couvercle de laquelle est posée une orange. A terre sur le premier plan, une pomme, des poires et des marrons.

Signé : Chardin.

Vente Laperlier.

Haut., 75 cent.; larg., 1 mèt. 07 cent.

HONDEKOETER

(MELCHIOR)

2 — Animaux.

Un coq debout près d'une poule et au milieu de canards
et de petits cannetons de diverses espèces, les uns à l'eau
d'une mare, les autres sur le terrain; le coq se retourne
inquiet du vol d'un oiseau qui passe près de lui; le
paysage est orné de ruines, au fond gauche un horizon
étendu.

Tableau d'une belle couleur et d'une exécution très-
ferme et très-fine à la fois.

Haut.. 1 mèt. 10 cent.; larg., 1 mèt. 42 cent.

HUET

(JEAN-BAPTISTE)

3 — Nature morte : perdrix, bécasse, etc.

Haut., 40 cent.; larg., 44 cent.

LAGRENÉE

4 — La Sculpture.

Pygmalion et Galathée.

5 — La Peinture.

Allégorie composée de quatre figures.

Forme ovale. Haut., 58 cent.; larg., 48 cent.

NYMEGEN

(GÉRARD VAN)

6 — Paysage.

Au premier plan, un fossé à la lisière d'un parc et dans lequel vient déborder un ruisseau ; sur un plan plus élevé, de grands arbres au bord d'un chemin, un paysan conduisant deux chevaux cause avec deux femmes, à gauche le toit d'une ferme et un horizon lointain.

Signé et daté 1787.

Haut., 58 cent.; larg., 46 cent.

PAJOU

7 — Le Triomphe de Sylène.

Projet pour une fontaine.
Lavis, signé Pajou, 1760.

Haut.,   cent.; larg.,   cent.

PATER

8 — La Visite au camp.

9 — La Levée du camp.

Deux charmantes compositions animées d'un grand
nombre de figures d'une exécution très-fine, deux petits
tableaux précieux dans l'œuvre de Pater.

Haut., 18 cent.; larg., 23 cent.

PRUDHON

10 — La Justice divine poursuivant le crime.

Magnifique esquisse du tableau du musée du Louvre.

Haut., 47 cent.; larg. 67 cent.

PRUDHON

11 — Figures de la victime.

Étude pour le tableau précédent.
Dessin rehaussé.

Haut.,   cent.; larg.   cent.

ROBERT HUBERT

12 — Temple en ruines.

Haut., 71 cent.; larg., 56 cent.

VERNET

(JOSEPH)

13 — Paysage : les Pêcheurs.

Cabinet Sylvestre. — Galerie Delessert.

Haut., 40 cent.; larg. 30 cent.

WOUVERMAN

PHILIPPE)

14 — L'Abreuvoir.

Une rivière qui traverse le paysage sème la vie et le mouvement sur tout son parcours; des cavaliers qui mènent boire leurs cheveux, des baigneurs, des bateaux qui déchargent leur cargaison dans de grands chariots, des barques qui vont et viennent, des porteurs qui chargent des ballots sur des chevaux, puis au fond un pont que parcourent encore de nombreuses figures.

Ce tableau est d'une très-belle exécution, d'une grande finesse de ton et d'une grande harmonie.

Haut., 40 cent.; larg., 50 cent.

TENIERS

(ATTRIBUÉ A)

15 — L'Arrestation.

Composition burlesque d'un chat arrêté et amené au corps de garde par des singes.

Haut., 20 cent.; larg 25 cent.

ÉCOLE DE NAPLES

16 — Diane et Actéon.

17 — Offrande à Apollon.

Deux compositions pleines de mouvement au milieu de paysages de style italien et des ruines de temples antiques.

Haut., 95 cent.; larg., 134 cent.

ÉCOLE FRANÇAISE

18 — Tête de jeune fille.

Haut., 46 cent.; larg., 38 cent.

Ce Catalogue ne renfermant qu'un très-petit nombre de tableaux et pouvant passer inaperçu, nous croyons devoir signaler plusieurs tableaux qui se recommandent par leurs qualités ou leur importance :

Chardin, Hondekoeter, Pater, Prudhon et Wouwerman.

L'Exposition aura lieu les mercredi 5 et vendredi 7 mai (le jeudi étant jour de fête).

Francis PETIT

EXPERT

Paris. — Typ. Pillet fils aîné.

CARTE D'ENTRÉE

A

L'EXPOSITION PARTICULIÈRE

DES TABLEAUX

Provenant de la Collection de M. D*** B***

Hôtel des Ventes, Salle N° 3

LE MERCREDI 5 MAI 1869

de une heure à cinq heures

Me CHARLES PILLET	M. FRANCIS PETIT
COMMISSAIRE-PRISEUR	EXPERT

Paris. — Imprimerie Pillet fils aîné, rue des Grands-Augustins, 5.